CATALOGUE

DE

CURIOSITÉS

ET

OBJETS D'ART

GRAND ET BEAU VITRAIL, SCULPTURES

ANCIENNES PORCELAINES, FAÏENCES ITALIENNES ET HISPANO-MAURESQUES

BIJOUX, ORFÉVRERIE, IVOIRES

BRONZES, OBJETS DE VITRINE

MARBRES ET TERRES CUITES

MEUBLES ANCIENS, TAPISSERIES

DONT LA VENTE AURA LIEU

HOTEL DROUOT, SALLE N° 5

Le Lundi 20 Mars 1876

COMMISSAIRE-PRISEUR	EXPERT
M⁰ CHARLES OUDART	M. L. BLOCHE
rue Le Peletier, 31	Boulevard Montmartre, 19

EXPOSITION PUBLIQUE

LE DIMANCHE 19 MARS 1876, DE 1 HEURE 1/2 A 5 HEURES 1/2

IMPRIMERIE J. CLAYE
RUE SAINT-BENOIT, 7
PARIS

CONDITIONS DE LA VENTE

Elle sera faite au comptant.

Les adjudicataires payeront *cinq centimes par franc* en sus
des enchères, applicables aux frais.

L'Exposition mettant les Adjudicataires à même de
se rendre compte de l'état et de la nature des objets, il
ne sera admis aucune réclamation une fois l'adjudication
prononcée.

DÉSIGNATION

SCULPTURES

ÉMILE LEYSALLE.

1. — *Le Joyeux baiser.* Groupe en terre cuite.

Haut., 0ᵐ,55.

2. — *La Première douleur.* Statuette en terre cuite.

Haut., 0ᵐ,60.

3. — *Le Lien.* Groupe en terre cuite.

Haut., 0ᵐ,32.

4. — *La Toilette de Vénus.* Statuette en terre cuite.

Haut., 0ᵐ,43.

5. — *Stradivarius.* Buste en terre cuite.

Haut., 0ᵐ,44.

6. — *Ange et Démon.* Groupe en bas-relief formant Bénitier, terre cuite.

Haut. avec le fond : 0ᵐ,60.

7. — *L'Ouï.* Buste de femme en marbre blanc.

Haut. 0ᵐ,40.

8. — *La Vue*. Buste de femme en marbre blanc. Pendant du précédent.

9. — *Psyché voyant l'amour*. Statuette en bronze.

Haut., 0^m,37.

CARRIER-BELLEUSE.

10. — *La Dédaigneuse*. Statuette en marbre blanc.

INCONNU.

11. — *Le Printemps*. Statuette en marbre blanc.

12. — *La Liseuse*. Statuette en marbre blanc.

13. — Deux grands Vases de jardin en marbre blanc.

14. — Deux autres grands Vases de jardin en marbre blanc.

15. — *La Charité chrétienne*. Groupe en marbre, xviie siècle.

16. — *Impératrice romaine*. Buste en marbre blanc. xvie siècle.

17. — Deux Bustes en marbre blanc, xvie siècle.

18. — *Pape*. Buste en pierre de Rome.

VITRAIL

19. — Grand et beau Vitrail, forme ogivale, à fronton composé de 16 vitraux représentant des sujets bibliques, historiques, champêtres et des écussons avec inscriptions.

DIAMANTS, BIJOUX, MINIATURES

OBJETS DE VITRINES

20. — Paire de Pendants d'oreilles en brillants.

21. — Paire de Boutons d'oreilles en brillants.

22. — Paire de Boutons d'oreilles en émeraudes entourées de brillants.

23. — Croix en or avec initiales A, E, I, en roses émeraudes et rubis.

24. — Demi-parure ancienne en or et roses.

25. — Aigrette en or et pierres fines.

26. — Épingle de cravate en émeraude entourée de roses.

27. — Autre en corail.

28. — Autre en camée dur.

29. — Autre en camée dur, tête de nègre.

30. — Chaîne en or avec têtes de morts en pierres dures.

31. — Bague en or avec émeraude cabochon.

32. — Bague ancienne avec miniature.

33. — Quatre Éventails anciens en ivoire et nacre, feuilles en velin. (Sera divisé.).

34. — Étui en émail de Saxe.

35. — Bonbonnière ornée d'une miniature, monture argent.

36. — Bas-relief en ivoire, l'Adoration des Bergers.

37. — Miniature de Passot, portrait de Ferdinand de Lesseps.

38. — Autre Miniature de Passot.

39. — Autre Miniature de Passot, Baigneuse.

40. — Miniature de Passot, Portrait de dame.

41. — Miniature ronde, Paysage.

42. — Boîte à musique en or guilloché et gravé, époque de l'Empire.

43. — Deux Salières en argent, époque Louis XVI, à amours et guirlandes.

44. — Moutardier en argent, même modèle et époque Louis XVI.

45. — Deux Miniatures et une Boîte, avec miniature.

PORCELAINES

46. — Grand Lustre en porcelaine de Saxe, à 22 lumières, offrant des fleurs, des oiseaux; des têtes de cerfs et de sangliers.

47. — Glace avec cadre en porcelaine de Saxe, offrant des têtes de chiens et de cerfs.

48. — Groupe de trois figures en porcelaine de Saxe.

49. — Pitong en porcelaine de Chine, décor de la famille verte.

50. — Jardinière en vieux Satzuma, décor polychrome.

51. — Deux Bouteilles, fond rouge à médaillons.

52. — Petite Jardinière en porcelaine du Japon.

53. — Bouteille en porcelaine du Japon.

54. — Bouteille en porcelaine de Céladon.

55. — Glace avec cadre en porcelaine de Saxe.

FAIENCES

56. — Plaque en faïence de Lucca della Robbia, représentant en relief *la Nativité*.

57. — Paire de Vases en faïence de Savone à anses, décorés
de sujets mythologiques en camaïeu bleu.

58. — Grand Plat ovale en faïence de Bernard Palissy, décor
à reptiles, poissons et coquillages en relief.

59. — Deux grandes Plaques en faïence d'Alcora.

60. — Quatorze Plats en faïence hispano-moresque, décor à
reflets.

61. — Deux assiettes en faïence, décor fond bleu à rehauts
d'or, aux armes des Farnèse.

62. — Assiette en faïence de Moustiers, décor en bleu,
d'après Bérain.

63. — Assiette en faïence de Venise, décor à armoirie au
revers.

64. — Deux Aiguières en faïence de Guiori.

IVOIRES, BOIS SCULPTÉS
OBJETS DIVERS

65. — Christ en ivoire, monté sur croix en bois et encadré.

66. — Christ en argent, monté sur croix en bois et encadré.

67. — Guirlandes et chutes en bois sculpté et doré, époque
Louis XVI.

68. — Beau Soufflet en bois sculpté du XVIIᵉ siècle, offrant des
figures et des ornements.

69. — Gobelet en verre peint et émaillé du xviie siècle.

70. — Cire ancienne et encadrée.

71. — Quatre figures dans deux panneaux en bois sculpté. xvie siècle.

72. — Cadre en bois sculpté.

73. — Pendule en laque de Chine.

74. — Deux Cabinets en laque.

75. — Bol en émail cloisonné de Chine.

BRONZES

76. — Brûle-parfums en bronze du Japon formé par un chat, travail ancien.

77. — Écritoire en bronze, style Louis XIV.

78. — Cornet en bronze du Japon et ancien, col cloisonné.

79. — Coupe à sacrifice en bronze de Chine, ancien.

80. — Paire de Flambeaux en bronze argenté, style du xvie siècle.

81. — Statuette de lansquenet suisse.

82. — Paire de petits Bras en cuivre de forme curieuse. Louis XIII.

83. — Écritoire, style Renaissance, formé par un satyre.

84. — Paire de Flambeaux gravés, style persan.

85. — Bénitier en cuivre, style Louis XIV.

86. — Statuette en bronze : *Hercule*.

87. — Autre représentant un satyre.

88. — Autre représentant une baigneuse.

89. — Poire à poudre, style du xvie siècle.

90. — Plaque en cuivre : la *Mort du Christ*.

91. — Gobelet avec bas-relief, d'après Clodion.

OBJETS D'AMEUBLEMENT

92. — Deux très-grands et beaux Vases laqués richement
décorés en rouge, noir et or, sur socles en bois
noir à filets d'or.

93. — Meuble à hauteur d'appui en bois noir et marqueterie
de bois, orné de bronze doré et d'étain aux
coins.

94. — Autre meuble d'appui, pendant du précédent.

95. — Meuble d'entre-deux formant vitrine en marqueterie
de Boule orné de bronze doré.

96. — Bibliothèque en bois de rose ornée de bronze doré,
style Louis XIV.

97. — Petit meuble d'appui en chêne sculpté.

98. — Cheminée en chêne sculpté.

99. — Trumeau blanc et or avec glace.

100. — Vitrine en bois rechampi de blanc (allant dessous le trumeau).

101. — Trumeau en bois sculpté avec glace et peinture.

102. — Grande Glace à biseau avec encadrement en bois sculpté.

103. — Jolie Commode forme cintrée, en marqueterie de bois, ornée de rocailles et de poignées en bronze doré, époque Louis XV.

104. — Chiffonnier en acajou orné de filets de cuivre et de cannelures, époque Louis XVI.

105. — Bibliothèque s'ouvrant à deux battants dans le même goût.

106. — Canapé, époque Louis XV, couverture tapisserie.

107. — Canapé en bois sculpté, partie noir, partie doré, couverture brocatelle rouge, époque Louis XIV.

108. — Jardinière en thuya.

109. — Deux meubles d'appui en acajou et colonnes détachées, orné de cuivre.

110. — Coffre en bois sculpté.

111. — Meuble à deux corps en bois sculpté, orné de huit panneaux, travail gothique.

112. — Buffet de salle à manger à deux corps, style Henri II.

113. — Grande Bibliothèque en bois sculpté, époque Louis XIV.

TAPISSERIES

114. — Tapisserie de l'époque Louis XIII représentant une chasse, avec bordure, aux armes de Mortemart.

115. — Quatre Tapisseries anciennes. Sera divisé.

116. — Robe de chambre en soie de Chine.

117. — Grand Tapis ancien de Smyrne.

AQUARELLES, DESSINS, TABLEAUX

118. — Collection d'environ 70 aquarelles, dessins et sépias, par Prudhon, Biard, Granet, Toppfer, Laforêt, Duclos, etc.

119. — Lot de dessins.

120. — Tableau représentant un sujet biblique.

121. — Objets omis.

PARIS. — J. CLAYE IMPRIMEUR, 7, RUE SAINT-BENOIT. — [516]

www.ingramcontent.com/pod-product-compliance
Lightning Source LLC
LaVergne TN
LVHW021619170726
843501LV00010B/4053